청어詩人選 385

이 하루의 지성소

길중용 시집

청어 도서출판

이 하루의 지성소

길중용 시집

시인의 말

조각달! 조각달은 그것도 실낱같은 하현 조각달은 칠흑 같은 어둠의 고개 너머로 곧 지고 말 것이다. 수명이 다 된 형광등이 아무리 깜박이어도 그의 수명은 이미 초읽기에 들어가 있다. 그러니까, 여기 이 둘은 이런 면에서 서로가 동일한 운명이다. 나는 이런 운명을 가진 한 사람을 알고 있었다. 이 사람의 자태는 조각달 중에서도 하현 조각달로 실낱같이 점점 희미해지며 지고 있었다. 그런데 이 사람에게 행운이 찾아왔다. 주님이 찾아오신 것이다. 주님이 오시면서 기적이 일어났다. 실낱같던 하현 조각달이 그믐께를 사뿐하게 건너뛰고는 상현 조각달이 되었다. 그리고 지금은 만월을 향해 힘차게 차오르고 있다. 참으로 놀라운 일이다. 이 놀라운 일은 경험으로 무장된 한 사람의 신앙인을 탄생시켰다. 그 신앙인을 나는 계속 따라가 볼 생각이다.

그 신앙인은 오랫동안 이 시집을 내는 일에 크게 망설이고 있었다. 그 신앙인이 이 세상에서 가장 믿고 사랑해온 주님께 드리는 영광의 글이 되기에는 너무도 미흡하다는 생각 때문이었다. 그런데 그 신앙인이 이 세상에서 두번째로 믿고 사랑해온 아내의 권유가 있었기에 아내의 말을 따르겠다는 마음에서 이 시집이 이 세상에 얼굴을 보이게 된 것이다. 그래도 그 신앙인은 다시 말했다. 미흡한 점이 많은 시집이라는 것이다. 너그러운 마음으로 보아주시기를 바란다는 말을 거듭해서 남겼다. 이 시집, 이곳에도 시 한 편을 싣는다.

4

축원

새해의 축원으로
이런 마음을 보냅니다

올 한해의 기원으로
이런 마음을 보냅니다

참 좋으신 분들이여!
새해입니다
올해에도 온 가족이
우리 주님과 동행해오신 발걸음, 이 발걸음이
더욱더 깊어지는 한 해가 되소서
온 집안에 성령이 충만하소서
찬란한 우리 하나님의 진리의 빛이
살아 역사하는 그런 집이 되시기 바랍니다
그 빛, 온 세상에 비춰 넘치소서……
아멘 아멘 아멘

차례

2부 이 새벽의 기도

3부 어느 시인의 고백

4부 빛을 잃은 별

1부

회한과 기도

봄꽃이 걸어온 세월
어린 날 산 너머
보릿고개 들길을 바라보던 눈길

한밤 자고 나온 이 아침
백발의 눈에
확 피어버린 낯선 모습

이 하루의 지성소

오늘 하루의
이 새벽은
이 하루의 지성소

새벽 닭
잠 깨는 몸짓
아직도 몇 시간 뒤

나만이
그분과의 교제로
거룩한 지식으로 오는 이 영광

퍼 놓인 박음 약속에
집중하며 올리는 기도
다듬어 주시는 손길이 있어
날을 것 같은 이 옷맵시

오! 오! 찬란하여라
신세계로 펼쳐진 이 현실
영원히 함께할
그 나라 안에 있는 이 행복

그것은 나

보았습니다
악귀 같은 진실을
그것은 나

"만물의 영장"이란
단어를 만들어 낸 것도
자아에 눈먼 부끄러운 함정

머리 굴림으로 제왕이 된
그대는
자칭 사람

만물의 신음소리
들리는가
하늘만이 듣는 저 소리를

나 아닌 나

이 세상에는
나 아닌
나로부터
지배를 받는 동물이 있다

성령 곧
하나님의 지배를 받으면
예수님처럼 선한 사람이 되고

사단 곧
마귀의 지배를 받으면
악귀처럼 악한 사단이 된다

이 엄연한 사실을
사람의 운명을 밝히 제시하고 있는
한 권의 책에서 분명하게 말하고 있다
우주를 향한 영원한 빛으로 밝히고 있다

사람 냄새나는 골목

사람 냄새 풀풀 나는 골목에 가면
절고 찌든
그 사람 냄새밖에 더 나겠는가

이 세상은
사람 냄새나는 골목

석양에
청소하는 손길

새 아침을 여는
태양이 되어
밤을 밝히고 있다

환경은 시험의 주범인가

바람 타는 환경에
흔들리는 민들레 씨
앉은 자리에서
뿌리를 내리려고 하니
굳어 있는 땅
후후 입김 같은 머리
어딜 향해 조아리고 있는가

오고 있어요
들풀도 돌보시는 손길
환경도
고삐 매어 밟고
거침없이 오고 있어요

한 포기 민들레가
벌어진 석벽 틈에서
예쁜 꽃을 피웠네요
함성처럼~

＊"사람은 자기가 여호와의 강한 팔에 의존함을 인정하고, 하나님께서 자기와 함께하실 수 있는 방식으로 살면서 일해야 할 절실한 필요성을 가진다. 마지막 날에 여호와를 의뢰하며 충성하는 남은 백성은 부끄러움을 당하지 않을 것이다."(단12:1)(재림교회 성경 주석 5권 281)

＊"죄는 우리의 첫 조상이 에덴에서 추방당한 원인이며, 인류에게 이르러 온 모든 비극의 이유이기도 하다. 인류에게 죄보다 더 큰 원수는 없다. 그것은 개인이나 국가 그리고 세계 등, 그것과 접촉하는 모든 것을 파괴한다."(위와 같은 책 4권 585)

박사마을

강원도 춘천시 서면에 가면 '박사마을'이 있다
서면의 인구는 사천여 명
서면 출신 박사가 일백사십오 명에 달해 붙게 된 이름
이란다
노인 어린이를 포함해도 주민 이십칠 명에 일 명 꼴이
박사

박사마을은 춘천에서도 오지 중의 오지
서면은 의암호 주변으로
1970년대까지만 해도
나룻배가 외지로 나가는 유일한 출구

이런 지역에 박사가 많이 배출된 배경은
조선시대 17세기 초반
몰락한 '노론'이 대거 피신해 오면서
이곳에 '도포서원'을 세워 후학을 양성했기 때문이라는데

아니, 이 이야기가 나에게, 가던 길을 멈추고 깊이 생각하
게 한다
내가 서 있는 이곳에서는
어떤 것이 나오고 무엇이 성장할까를
지금 나는 어느 방향으로 가고 있는가를

"콩 심은 데 콩 나고 팥 심은 데 팥 나온다"는
이 말이 증명된 박사마을 이야기에
나와 내 후손들의 운명이 보일 듯 말 듯
나는 엄숙한 생각과 함께 눈을 뗄 수가 없구나

*이 시는 2014년 4월에 어느 신문 기사를 인용하여 쓴 글입니다.

새 순

갯벌에
무너져 내리고 있는
갈대에서 나를 본다

계절이 바뀌면서
봄새처럼 날아든 기적
새 순!

둥지 안의 뽀얀 알 같이
대륙을 건너 비상할
웅지가 있다

매화꽃

우리 아파트 단지에도 이곳저곳에서
피기 시작한 순백색의 매화꽃
같은 나무 한 가지 위에 맺힌 꽃망울들이면서
피는 순서를 따라 자기 차례를 기다려야 하는 것일까
나뭇가지마다 분명한 이 겸허의 질서

앞서 피기 시작한 꽃은
활짝 핀 봄을 알리는 전령사
그 뒤를 이어 순서를 기다리는
분수를 지키는 저 모습
아직도 어린 꽃망울들은
혹독한 겨울 추위의 보호막을 벗지 못하고 있다

어디에 기록되었던 말씀이었던가
이같이 호흡하며 돌아가는 대자연의 길
변함없이 가고 있는 정돈된 이 맞춤 시간표
곳곳에서 불을 밝히고 있는 미래를 향한 이 팻말
가자 이 매화꽃의 팻말이 맞추어 실수 없이 가자

인내

승리하신 분이
승리의 산 위에서
확신에 찬 손으로 잡고 있는 깃발

상대의 하는 일이
마땅치 않을 경우에
보이게 되는 천상의 품성

이해를 낳고
너그러움과 용서까지로 가는
길의 초입이자 길목

이런 인품이 만든
아름다운 동산에 펼쳐진
찬란하고 향기 나는 멋진 그림

두 길

길
세상 길은 두 길
두 길 모두
앞선 선택이 이끄는
누군가에 의해 조종받는 길

고약한 심술이 들어가지 않은
저 얼굴만을 보고 걷자
평화의 길 행복의 길
모두에게 축복이 되는
이 길로만 가자

이런 어부

가마우지가
하늘 한 번 바라보고 심호흡을 한다
숨쉬기를 멈추고 물속 깊이 잠수
주린 배를 가까스로 채우게 된 물고기 한 마리

담배 피워 문 쪽배에 탄 어부
서서히 줄을 당긴다
가마우지 입을 벌려 삼킨 물고기를 빼앗는다

가마우지야!
너는 퍼덕이던 날개를 그리 쉽게 접느냐
주린 배를 돌고 나온 한숨 같은 날숨
건너편 메아리마저도 숨을 죽이고 있구나

때가 되면 가는 인생

내가 태어날 때
이 세상에 계셨던 아버지
손자가 태어날 때는 아니계셨다

할아버지도
내가 태어나고 좀 자랐을 때
서둘러 떠나셨던 것을 기억하고 있다

이 세상에서 설 자리는 한정되어 있는가
후손들에게 자리 물려주고 떠나는
욕심 없는 듯한 이 기품은
어떻게 배워온 공통점일까

한계가 다하면 찾아오는 어질머리
가누지도 못하고 후유 후유 하며 사는
고통에서 쉼을 주고자
지혜의 계획대로 가는 인생이던가

태양이 춤을 추며 지휘를 한다

태양이 춤을 추며 지휘를 한다
이 음악 소리를 들어보아라
우주를 향하여 무대를 열고
살아있는 자 다 참여케 하는 장엄한 하모니
다른 어느 곳에서도 들을 수 없는
생명으로 익어내는 음악이 아닌가

오곡을 충실히 잘 여물게 하더니만
사과도 배도 익어 나오게 하고
작디작은 풀씨 하나까지도
알맞게 익도록 연주해내는
생명에서 생명으로
생명을 만들어내는 화음이기에

서편 나지막한 언덕이지만
손자가 함께해온 시간이라서
리시버를 꽂은 듯 귀는 열리고 있다
도레미파솔라시도
오늘따라
저녁노을인데도 한껏 곱기만 하다

회한과 기도

봄꽃이 걸어온 세월
어린 날 산 너머
보릿고개 들길을 바라보던 눈길

한밤 자고 나온 이 아침
백발의 눈에
확 피어버린 낯선 모습

아가야!
너는 이 인생의 모습을
지금 알게 된다면 좋으련만

군중 소리

정복군의
군화 발소리

항복문서를 든
대장군의 뒤를 따라
독재자에게 경배하러 가는
망국민의 정신 없는 소리

자유인의 선택이라는
민의의 쌍나팔 소리
독재자에게 상납하러 가는
경쟁적 출발 소리

아아!
어리석은 이 민족은
또다시
불길한 역사를 쓰고 있는 것은 아니겠지

말(言) 도둑

자랑하고 싶은 마음이
말 도둑질을 하게 한다
자기 키보다 두 배나 높은 담을 넘어
주인 없는 빈집에서 훔쳐내온 말

자랑이 되고
과시가 되고
교만이 되고
결국에는
이기심의 차돌멩이가 되고
그 위의 심층 맛은
양심까지 죽게 하는 사형수의 철면피

자랑하고 싶은 마음의 종말은
사형수의 철면피를 드러낸 깃발만이
창공에 홀로이 펄럭이도록 한다
흉악한 말 도둑놈이라고 기록된 저 깃발!

봄이 오는 길*은

봄이 오는 길은
정해져 있어요
바다가 우렁우렁 소리치며 겁을 주어도
그 바다 건너서 봄은 오지요
깎아지른 절벽은 어떡하고요
장검 빼어 든 장수처럼 앞을 막아도
미소 지은 얼굴로 살짝 넘어오지요
강과 산들이 모여 짜고서
미로처럼 길을 헝클어 놓아도
용케 제 길 찾아 봄은 오지요

언제나 따뜻함이 감돈다는
남쪽 나라 그곳
오는 봄을 맞이하면
꽃길로 열리는 자유로운 성
믿었던 일 실상(實狀)으로 잡아주는 손길
보지 못한 것이 증거되어 현실로 있죠

봄이 오는 길은

정해져 있어요

*주 예수 그리스도께서 다시 오신다고 약속하신 재림의 길(요 14:1~3, 행
1:9~11)

양심

내 심장을
살포시 안고 있는
보드라운 비단 보자기 하나

비 오는 날 땅을 덮듯이 덮다 보니
날갠 날 태양 빛 아래
부지런히 반복적으로 널어 말려야 하는

오늘도 하늘 향해 주름 하나 없이 펼쳐 보이며
얼룩이 없나를 살피고 또 살펴야 하지만
나를 늘 바로 세워주기에 믿음도 가는

내 몸에
이 중심
이 기둥이여!

골고다 언덕*

한 몸 되었던 너와 내가 나뉘고
내 안의 고귀한 품성은 나뉘어져 갈팡질팡
죽음의 필연으로 가는 고속도로 위에 불고 있는 이 강풍
이런지도 모르고 호언하며 착각 속에 사는
이 끝점의 운명에서 살아온 자 누구인가?

우리를 동정해서 나선 유일한 오직 이 한 분
가장 힘들어하셨던 치욕스러운 이 길 이 곳
나와 너의 회복을 위해서
가장 중요했던 바로 이 길 이 곳 이 정상
이 절박함을 아는 하늘의 모든 시선들도 숨을 죽였다

참으로 다행스러운
이 기도 소리를 들어보아라
"아버지여!
저희를 사하여 주옵소서
자기의 하는 것을 알지 못함이니이다"(눅 23:34)

*예수 그리스도께서 인류의 구원을 위해 십자가에 못 박혀 죽으신 곳

나의 일생이라는 그림

내가 세상에 나왔을 땐
바닷가 거북바위에 튕긴 물방울처럼
열기 없는 갓밝이 앞섰는데도
스러져 없어질 모습을 하고 있었대요

온화하게 데워진 아랫목이 아닌
차디찬 윗목에 구별되어 누워
서리꽃이 핀 듯
홑이불 머리끝까지 덮어쓰고
나이 수는 쌓여도 네 번씩이나
슬피 우는 몇 사람 있게 했대요

손잡고 덤벼드는 병들의 안방, 홋국으로 남아
비칠거리는 다리 끌며 땅 짚고 어지럽게 서서
바람 잡고 날릴 듯 이십 대 후반까지 건너왔지만
휴지같이 구겨진 소득 없는 그걸
무엇으로 채워놓을 수 있었겠어요

사슴을 만나고부터 달라졌지요
다리에 살도 오르고 어깨도 벌어지고
선녀도 알게 되고 아기도 낳고
하늘을 넘나드는 날개도 생겨
시공(時空)에 적응하는 신용자로 다져졌지요

이제는
'아버지'라는 하나밖에
불리어질 또 다른 이름도 갖게 되었으니
"인생을 성공적으로 산 사람"이라고
어느 고령자의 시인님이 정리해주시던데요

사람으로 보인 사람 하나
-어느 목사님의 은퇴 앞에서

구물거리는 저 사람들 속에서
사람으로 보인 사람 하나
모자 쓰지 않은 정장한 한 사람 있었습니다

안경을 쓰지 않았을 때도
안경 쓰고 보아야 하는 지금에도
이 한 사람만 사람으로 보였습니다

이 사람, 젊은 날
힘 있는 두 주먹
어깨높이로 쳐들어 보인 적 없었고

일찍이 이어받은 눈 뜬 명문가의 씨
저 성장의 정점에서
이름 있는 자로서의 권위를 내려놓고 사셨습니다

가진 것 또한 모두
불살라
빛 밝히는 데 쓰셨고

아무도 보지 못한
등 너머 이야기에는
머리 끄덕이며 기꺼이 따르며 만들어내던 응답들

이제, 평화로 가는 새 막(幕)은 열리고
응결된 이야기들의
실물 교훈으로 길이길이 살아가소서

얄미운 친구

형형색색의 자동차들이
고속도로를 강강술래 하며 도는가
어질 머리를 진정시키려 물 한 모금을 마신다
처음 찾아가는 소로길
내비게이션에는 길 안내도 끊긴 지 오래
그 누가 준비된 손길로 포장이라도 하였다는 건가
낯설지 않게 끌리며 구불구불 잘 돌아서 간다
숲속은 나무들의 노래
정적은 함성 소리로 가득하고
사립문은 어릴 적부터 들고났기에 이리도 친숙한
뻐꾹새 반기는 노래로 활짝 열린다

친구와의 인사는
텃밭에 물주며 고구마 심는 일
조금 있으면 자연계의 악의 상징
잡초 뽑는 일이 이 밭에서도 시작된다는데
그때는 매일매일 오란다
김매고 이내 뒤돌아 보면
자라는 잡초들이 우우 소리치며 따라오듯이
이어 이어 그 풀 매러 열심히 오란다
그러나, 고구마 캘 때는 오지 말라는 저 얄미운 소리
친구로서 할 법이나 한 소리인가

하지만 '흥 두고 보라지'
고구마 통가리 속에 삼동 내내 들어앉아
주인 심경 돋우며
고구마를 갉아 먹고 있는 대왕 쥐 한 마리가 같이
돌아오는 엄동에 나타날 내 모습 또한 그러할 거다

비 내림의 전시장

124년 만에 찾아온 이 봄 가뭄
기다렸고 기다렸고 애타게 기다렸는데
비 내림의 전시장 같았던 오늘의 비 내림
실비 가랑비 토막비도 있었고
싸래기비에 조각비와 질금거리는 이슬비
천둥과 번개를 동반한 폭우도 찰나 같이 지나갔다
심술 난 꼬마처럼 지역적 차등도 보이며
비 한 방울도 내리지 않은 곳도 한 뼘 차이로 있었다

세상은 말라 갈라지고 비틀어지며 죽어가고 있는데
마른하늘 향해 입 벌리고 물 달라고 기우제 지내는 소리에도
갈증만 키운 이 비 내림의 전시는
어떤 악마의 전시 작품이기에
좀 더 오지 않고 좍좍 좀 더 오지 않고
이 바람, 이 소망 저편에서
신기루처럼 넘실거리고 있는가
이 비 내림의 전시장에는 모래바람만 분다

와! 국적이 바뀌고 있다

벽제 서울시립승화원

지상에서 사라질 이름들이
꼬리를 물며
계속 들어오고 있다

용화로에서는
죄와 고통이 많은 세상에서
일천일백 도의 불의 심판으로
정결한 의인이 되어 가고 있다

와! 승천의 화신으로
국적이 바뀌고 있다

손 떨게 하는 이 마음

가지런히 조경된 조경수 속에
웃자란 우듬지 몇몇들인가
곧추세운 저 머리의 미소
조용한 바람의 손을 잡고
어디론가
안내를 하는 여유도 보이지만
널 보는 내 마음
왜 이리도 불안하고 안타까울까

도둑처럼 예고 없이 나타나
가지런히 다듬고 지나갈
푸른 칼날은 이미 정해진 순서
어찌하랴 어찌하랴 이 어쩌면 좋단 말이냐
천둥 치는 소리로 분명히 네 혼들은 떨 것이다
어이할거나 어이할거나 진정 어이할거나
나는 놀라움으로 운다 두려움으로 운다
손 떨게 하는 이 마음 숨이 꽉 막혔다

2부

이 새벽의 기도

바람이 안다
바람이 부드럽게 지나간 자리에
발생하는 신비한 축복들
원천의 빛,
그 영광을 드러내는
수많은 갈래의 또 다른 빛
이것이 가치를 지닌 자의 가치입니다

잎눈

봄은
갈급함으로
기다리는 자 앞에

잎눈!
잎눈 진 미소로
바라보는가 싶었는데

어느덧 신록으로
쉼도 좋은 하늘 가득 다가와
진정 어린 넉넉한 인심을 보여주고 있구나

이 어쩜이냐?
오! 그렇지, 너는 역시
인간을 닮지 않은 그 잎눈이었지

오봉산(五奉山)

우리 집 거실에서
내 눈이 앞으로 간다
그곳에는 오봉산이 있다
오봉산은 언제나 그곳 그 자리에
계절 따라
날씨 따라
얼굴만 바꾸고 나온다

그 얼굴에는
내 눈을 즐겁게 하는
아름다움이 있다
미소가 있다
향기가 있다
싫증을 낼 수 없게 하는
순수함에
교훈이 있다

오! 그렇지
너는 자연이지

찔레꽃 향기

5월의
찔레꽃 향기

반갑다며
나 여기 있다 알리는 소리

두리번두리번
찾는 이 눈길 앞에

빼어난 흰색 자태
와! 눈이 부시다

서리

인천 송도 센트럴파크

어제까지도
예쁜 꽃이 가득한
아름다운 꽃밭

밤사이 짓밟고 간
악마의 발자국
검게 피 흘린 죽음들로 널브러져 있다

저 잔인한 살인으로 진동하는 피 냄새
천지개벽 같은 이 변화 앞에서
"하늘 한 번 쳐다보고
땅을 한 번 바라보는"
저 사람은 과연 누구일까

위험하다 위험해

늦가을 어느 날
비가 내린 뒤
21세기 대한민국 도로 위에
누워 있는 지렁이 한 마리

위험하다 위험해!

어쩌려고 나왔니?

무엇을 볼 게 있다고 나왔니?

나는 빠른 손놀림으로
지렁이를 풀밭으로 옮겨주었다
풀밭 밑으로
깊게 밀어 넣어주었다

국화야

첫서리에
세상은
진동하는 침묵의 호곡 소리

국화야!
너만은
기상 찬 모습으로 당당하구나

너, 어릴 적
잡초로 알고
뽑아버리려고 했던
나, 그리고 이 손

올려다보아 온 하늘 향해
그 손을 모으고
감사하고 있으니
이 어쩜이냐

이 세상을 지켜온
우리 어머니의 참모습
너의 그 튼실한 뿌리여……
영원하리라

눈길 위에서

함박눈 맞으며 길을 걷는다
인심 좋은 손길이
큰 입에 맞게 떼어낸 수제비같이
황혼의 끝자락에 들어선 내 앞에
처음 보는 듯한 후덕함으로 쌓이는데
나무마다 탐스러운 꽃으로 보답하고
산야는 겨울왕국이 되어 찬란하다

저 아름다운 비탈길에서
젊은이들이 만들어내는 이야기
연인들의 겨울연가(戀歌)는 낮게 흐르고
눈싸움에 기묘한 모습으로 사진도 찍는
엎어지며 구르기도 한다
까르륵까르륵 와아! 와아!
환희의 꽃잎들이 팡파르처럼 터진다

이런 길 위에 유독 나만이
한 발 한 발 조심조심
여생을 보듬어 줄
세상으로 돌아갈 염원까지 담아
엉금엉금 기어오른다
내 남은 날 자손들 앞에
큰 탈 없이 살고자 하는 마음과 함께

내가 새로 내며 걷는 길 하나

아무도 눈치채지 못했어요
밤사이 내린 눈들이
세상 길 모두 지워버렸는데도
아무도 눈치채지 못했어요
오늘은 이른 새벽부터
길이 없는 길을 가야 하는 나
그참, 막연하겠네요
그런데 아니었어요
내가 새로 내며 걷는 길 하나
뒤를 돌아다보면 곧기만 했죠

어제 누군가 입 모아
날 위해 불러주던 그 노래가
지금 내 귀에 들리는 노래가 되어
나를 인도하고 있었어요
가족이 있는 곳으로 가족이 있는 곳으로
나를 인도하고 있었어요

앞을 보면 분명히 길이 없는 길
뒤를 돌아다보면 바르고 가지런한 새 길
누구의 발뒤꿈치를 따라가고 있는가를
확연하게 보였어요 분명하게 보였어요
가족이 있는 곳으로 가족이 있는 곳으로
이렇게 새 길이, 나를 인도하고 있었어요

겨울나무들의 증언

가까워진 엄혹한 시간
사실로 증언하고 있구나
너는

한밤 지나고 나면 내일인 것을
어느 누구인들 모르랴
하지만 너는 특출한 감각으로 사느라
고달픔도 많았겠구나

걸음마를 배울 때부터
너만은
어느 누구의 손을 잡고 따라왔기에
이 밝은 지혜로운 자가 되었던 것이냐

흩날려 떠나보내는 너의 세포들은
한결같이 곱고도 단정한 몸매
원초적인 메시지가 되어
바람에 맡긴 희망에 실려서 간다

거부할 수 없는 이 자연의 시계 앞에
초침 소리 되어 너는 따르는가
꼭 배워야 한다는 겸손함으로 앉아
네가 펼쳐 내는 증언을 엄숙함으로 듣는다

명줄

문득,
눈을 뜨니 아침이다

숨은 쉬어지는데
밥 생각이 난다
간절하게 난다

인생은
한 숟가락의
밥이 주는 명줄로 사는 것인가

반향의 울림

만나야 할 사람 만난 자리에서
나를 만난 두 사람
이들에게 나는
밥집에서 밥을 샀고
찻집에서 차를 샀다
돌아간 그들이 보내온 반응
한 사람만이 귀한 대접에
감사하다고 인사를 해왔다
"감사합니다" 오 음절뿐인 이 말 한마디
반향의 울림으로 나의 혈관을 타고 돌았다
뜨거움으로 용솟음치며 힘차게 돌았다

그 또 한 사람
이 엄동의 찬바람으로 대신 왔었나
나의 옆자리는 여전히 텅 비어 있는데
내 주변만을 몇 바퀴 빙빙 돌다
앉지도 못하고 갈 길 바쁜 날새처럼
멀리멀리 날아가 버렸나
잠시라도 앉고나 가지
잠시라도 쉬고나 가지

친구로 가자

같은 시간대를 필요하다는 인연으로
전동차 안에서 마주 보며 앉게 된 사람아!
허리에는 각자 뒤로 묶인 동아줄이 있어
우리 사이엔 건널 수 없는 짙푸른 강이
가로놓여 있지만

너와 나의 눈빛만은
지상에서 지하로 지하에서 지상으로
질주로 넘나드는 이 세월에
아니, 그 멀고 멀다는 종착지에 이르기까지
쏘는 듯한 빛을 서로를 향해 발하기도 한다

오! 그래, 그리하도록 하자
또 다른 세상으로 가는 길목에서 방향잡이 손길
저토록 내리지 않고 영구히 서 있으니
그 세상에서도 친구 되어 만나자고
너와 나는 마음으로 새끼손가락 걸자

아무리 삶이 힘이 든다 해도
한 번 구르면 가게 되는 그곳일는지 몰라
놀이하듯이 놀이하듯이
저 지시하는 손길 바라보며 우리 함께 따라가 보자
친구로 손잡고 꼭 함께 가보자

시간

바람도 어쩌지 못하는
거대한 호수야!

자력으로 이는
너의 물결에

이 세상은
까무러치려 하는가

그런 장마당은
계속 이어가고……

수능시험 보는 날

올해의 11월 17일은
같은 층 옆집에 사는 도령이
수학능력시험을 보는 날

이날은 불안한 날이 아니요
희망이 보이는 희망을 붙잡는 날
그래서 나는 함께하는 기쁨
마음으로 열 배의 축하를 해주기로 하였다

축하선물도 준비해야지
수능 합격을 위해
정성을 다해 마련했다는
정가담 기장떡
왕 찹쌀떡 여덟 개, 일만 육천 원

희망을 잡는 그날의 그 웅지
백세시대 오늘날에
세상을 보살피는 눈길로 자라는 활기찬 가지
사방팔방으로 뻗어 가소서
일만 육천 년을 능가할 역사를 만드소서
이 좋고 좋은 이웃이 있어 참으로 감사합니다

이 새벽의 기도

바람이 안다
바람이 부드럽게 지나간 자리에
발생하는 신비한 축복들
원천의 빛,
그 영광을 드러내는
수많은 갈래의 또 다른 빛
이것이 가치를 지닌 자의 가치입니다

이 새벽, 멀리 떨어진 자리에도
지나가는 부드러움 여린 잎을 흔들고
주옥같은 말씀의 열매들이
약속의 가지마다 휘어지는데
기도할 수밖에 없는 자의 마음은
오! 그대여……
오! 그대여……

너무 높은 가지들
바람에 흔들리니 잠을 수가 없다
오! 그대여……
수분 먹은 바람이 땅을 적시듯
알알이 그도 내려 그도 내려
내 눈에 눈물 되어 통회하게 하소서
무릎 꿇는 자의 자세에서 가치 찾게 하소서

사람의 눈은

보셔요
왜 사람의 눈은
두 개일까요
보는 눈과 느낌의 눈이지요

상대의 성난 모습에
보는 눈은
어서 나가 함께 싸우라며
길길이 날뛰며 부채질하고

느낌의 눈은
그 뒤에 숨겨진
사랑으로 흘리는 눈물을 보고
어서 나가 화해하라고 호소하지요

오늘도
흔들림으로 이루어진
외나무다리를
잘도 건너가고 있는 사람, 사람들

독거노인

도시 위에 그믐 밤길
혼자 가는 달

그윽하게 손잡아줄 이웃들은
아주 먼먼 그 어느 세상

실낱같은 저 숨소리
누구 귀에만 들리는가

천국은 덤입니다

그렇습니다
천국은 덤입니다

이 세상의 옷
바꿔입을 수 있는
길이 열렸으니

그렇습니다
천국은 그야말로
덤입니다

일몰의 태양

일몰의 태양은
용광로가 된다

녹슬어
부식된 철들을 모아
정련으로 마무리하는
이 끝 작업

내일은 새벽
작은 새들의 아침 노래로
새날을 연다

사이비의 진실

빨주노초파남보
각기 다른 색깔로
무리를 이룬 성실한 꽃밭

낮잠에 빠진 정오의 침묵 속에
한 뼘 웃자란 목, 얼굴 내밀고
바랭이만 하늘거리고 있다

꽃 무리 속에서
꽃인 양
머리 발딱 치켜들고 있다

대공원의 봄

자유가 다스리는 세상
철의 장막 같은 노란 구획선
이곳이라 저곳이라
편 가르듯 나누어 놓았으니
이 어찌 된 일인가

넘지를 마세요 낭떠러지예요
호숫가잖아요 아기들 조심시키세요
우리 구역은 우리만의 집으로 꾸미렵니다
하루가 다르게 변할 거예요
넘어 들어와 밟지를 마셔요

자유로이 넘나드는 바람과 햇빛처럼
서로서로 손잡고 눈길로만 다녀가세요
아름다운 모양만
싱그러운 향기만
한 아름 한가득 안겨드리겠습니다

숨바꼭질

꼭꼭 숨어라
머리꼭지 보인다

어디 어디 숨었나
바로,
사람 냄새 뒤에 숨었지

사람아! 찾았다
쉽게 찾았다
아! 이 사람아……

교훈

지금 밖에는 비가 옵니다
지시받고 내리는가
큰 무리의 움직임에도
잡음 없는 일사불란한 모습

낮은 곳 마른 땅을 살피는
곱디고운 저 눈길에 저 품성
열기 만나 부활하여
오름의 길 하늘입니다

분열에서 연합으로

하나의 땅
하나의 자리에서
시작된 길
얼굴이 다르게 생긴 사람들이
얼굴값을 하겠다며
각자의 길을 만들면서 간다
도대체, 가고 있는 방향은 알고서들 가나

본질을 깨달은 사람들은
가던 길을 돌이키어
돌아오고 있는데
그 하나의 점 그 하나의 자리는
이제 꼭짓점이 되어
높고 높은 하늘에 맞닿아 있다
서로들 얼싸안고 얼굴을 맞대고 있다

인간 나에게

네 발 달린 짐승이면서
기능으로 둘씩 달리한 축복
그래서 나는
곧게 선자라고 뽐내는 인간이 되었나
하지만 생각하는 것들이나
하는 짓들을 보면
배로 기어 다니는 하등 동물
이런 나의 나 된 모습이 역겨웁다

오늘도 내일도 나의 거처는
구불구불 이어진
어둠의 미로길 끝
공기도 적어 숨이 막힌다

소희(所懷)

견고한 철문이 저렇게 있음에도
상시 열린 듯한 나날
새해의 첫 시간 속에
바람 들어서듯 들어선 게 어제 같은데
올해도 벌써 첫 달의 끝날
앞으로 나흘 후면 입춘
봄기운이 묻어옴을 막지 못할 겨울의 끝자락인가
이처럼 시간은 오늘도
제 할 일을 하는 계절과 우정어린 동행
여기서 나에게 주어지는 날들도 순환하는 듯
하지만 철문이 닫힐 날은 분명히 온다

이곳에서 나는
내 남은 날
그이만 보며 걷는 길로 가꾸고 싶어
하늘 향한 눈길로 머리 숙인다

3부

어느 시인의 고백

한 돌 한 돌 돌다리를 놓을 때마다
무거운 줄 모르도록 이 도움 주는
내 가슴 속 이 감사로 이루어지는
기적 중에 그 큰 기적이 되어지게 하소서

비뚤어진 내 품성

수목들이 잘 조성된
내가 사는 아파트 단지
걷기 좋은 길도 있어
대공원 수림 속을 찾지 않아도 된다

며칠 전에 입동이 지난 오늘 아침
걷기 위해 집을 나섰다
쌓인 낙엽을 밟고 걸으니 기분이 좋다
바스락! 바스락! 바스락! 바스락!

낙엽들의 바스러지며 내고 있는 이 비명 소리
나는 남을 밟고 걷는 데서 즐거움을 느끼는가
이 고약하고 악독한 이 마음이여!
잎을 다 털어낸 이 작은 나무 앞에 나는 서 있다
새로운 봄이 확실하게 올 것을 바라보면서⋯⋯

우리 손자의 힘

우리 손자의 힘은 장사다

늦잠 자고 나온 손자
오늘따라 떨어진 우유를 내어놓으라며
떼를 쓰고 있다
잘 다니던 유치원에도 가지 않겠단다
손자를 달래던 할머니
누구에게 내리는 눈짓 명령인가

막 아침 더위 찬물 한 바가지로 씻고 나온 할아버지
유치원 차가 오는 15분 전의 시계를 바라보고
편의점이 있는 큰 도로 두 길을 건너
신호등도 재촉하며 달음박질로 갔다 온다
우유는 단 한 모금 마시고는 끝
할아버지 몸은 땀이 비 오듯 하는데
할머니 손을 잡고 유치원에 가고 있는
손자의 머리를 쓰다듬고 있는 할아버지의 손

바로 이것이 우리 손자의 힘이다

누구를 닮으려고

우리 규빈아!
너는 이 세상에
누구를 닮으려고 찾아왔니

꽃은 꽃을 닮고
새들은 새를 닮았다는데
너는 누구를 닮으려고 찾아왔니

엄마 아빠를 닮아가다가
한 발 높이 뛰어
잡아주는 손을 잡고 날아오르거라

그 손은 인류의 희망이란다
믿음으로 다른 이름도 되고
보다 나은 인간으로 가는 길이란다

보다 좋은 인간으로 가는
오직 바로 그 길이란다
참 생명으로 닮게 되는……

감은 눈으로 세상을 보는 아기

손자의 출생이다 달려가 보니
성모 옆에 누워 있는
한 아기!
눈감은 성자로 나시었네

보는 눈은 마음으로 잠시 옮기어 놓고
감은 눈으로 세상
보아야 할 것 다 보고 있는
성자의 모습은 평화로웠네

성모만 들을 수 있는 진리의 언어
찬란한 구별로 뚜렷도 한데
속인들의 귀에는
운다, 울어, 울음 운다

우리 집에서 받은 사명은
공경함으로
눈감은 성자를
받들어야 함일세

내 손자 손녀가 친구들과 모이면

우리 마을 느티나무 아래로
내 손자 손녀가 친구들과 모이면
나무 그늘 집에서 낮잠 즐기던
바람들이 달려와 놀아주어요

산에서도
큰소리 한 번으로 구름을 쫓던
그,
바람이 달려와 놀아주어요

강에서도
고운 물결 흐르도록 만들어 놓고
그,
바람으로 달려와 놀아주어요

우리 규빈이가 온 날 이야기

해님과 눈 맞추고
방긋 웃으며 태어난 아기

장마가
판을 치는 세상에서

무지개다리를 밟고
내려왔대요

바로, 우리 규빈이가
이 세상에 온 날 이야기지요

심은 꿈이 있는 세상

나에게도
먼 데서 먼저 보고
나를 부르며 달려오는 사람이 있다

이제 네 살이 된 손녀
그를 높이 안고 맴맴을 돌면
세상은 도화원(圖畵院)으로 향기로웁다

아니, 이게 웬일이지
손녀가 달려올 때
함께 하나로 뛰어온 한 달 지난 손자

와! 이 두 사람이 있는 이 세상
다녀갈 만한 세상
심은 꿈이 영그는 세상으로 확실하였다

규빈이와 가을

가을이
그림을 그리며 달려왔어요
아기와 놀겠다며 찾아왔어요

노랑 그림 그리고
아기 얼굴 한 번 보고

빨강 그림 그려놓고
또 한 번 보고

아기도 아름답다 옹알이하며
가을과 마주 보며 웃고 있어요
가을 산은 햇빛 놀이하며 방 안에 가득

세상을 부끄럽게 하는 아기

나이 여섯 달이 채 안 되는 아기
인생의 선배라는 뭇사람들 앞에서
교훈을 주는 제왕
사람들의 성장에 대한 욕망은
출세와 맞물려 있는 운명과도 같은 것

아기는 행동으로 말했다
뒤집기라는 성장의 첫 관문
실패가 이어지는데도
또다시 또다시 다시 또다시
우직함으로 오직 이 한 길

얼굴에까지 힘써 땀 흘리더니
드디어 성공이다 해내었다 해내었어
엎드린 채 울음을 터뜨린 성공한 아기
내 눈앞에서도 아기에게
평화롭고 아름다운 앞날이 보이는 듯했다

손자와 옹알이

오! 이런
이럴 수가

일찍이
"있으라"* 했다는
그 말 한마디의 자비가
하늘로부터 모습을
내 집에서 드러내었는가

신비한 음악으로 들리는
환희로 내리는
이 고운 행복의 빛줄기
틈새에도 때가 끼지 않은
아름다운 세상 만들고 있다

그때의
그 말씀이
우리 집 마당 풍경을
이렇게 바꾸고 있구나

*창세기 1:3

기어오르는 물

사람아!
사람의 마음을 물이라 하자
그래, 사람의 마음을 물이라 한다면
요사이 이 물은 어디로 흐를까?

물은 시원에서 흐르는 물길을 따라
큰 강을 거쳐 대해로 흘러가는 것

그런데 육근의 무더기*에 지배받는 물은
사지(四肢)를 타고 올라 머리에 모인다
나! 나! 나! 나!
나만을 소중히 아는 머리로 모인다

물길이 아닌 길로
잘도 기어오르는 물

*육근의 무더기: 눈, 귀, 코, 혀, 몸 뜻을 합쳐 나타내는 불교 용어.

어느 시인의 고백

주여!
나의 글이
죄를 지적하는
손가락이 되지 않게 하소서

한 돌 한 돌 돌다리를 놓을 때마다
무거운 줄 모르도록 이 도움 주는
내 가슴 속 이 감사로 이루어지는
기적 중에 그 큰 기적이 되어지게 하소서

강 건너
저 큰 느티나무 아래에 펴 놓인
편히 쉴 수 있는 저 너른 평상!
그곳까지 안내하는 지름길이 되게 하소서

오늘의 이 세상에는 빛이 있는 걸까

오늘의 이 세상에는 빛이 있는 걸까
그렇다면 교회 안에는 또 어떤 건가요
빛은 생활 속에 들어 있는 하나님의 뜻

그 분야에 전문교육을 받았다는 전문가들도
자신들의 유별성은 하늘보다 더 높다 외치며
아성의 영역에서 온갖 특권을 누리며 살고 있지만

심지어는 자신과는 무관한 그들이 즐겨 쓰는 언어
"성경 말씀대로 사십시오, 그분의 뜻대로 따르십시오"
선배 따라 되돌림의 정서로 숨바꼭질하고 있다

이에 그들에겐 생명의 빛이 없는 것은 아닐까
이 시대를 이끌 참 지혜의 빛은 차려입은 옷 속에 있는
것일까
성경 속 증인들이 사용하는 언어는 자신들의 겉옷에 맞
춘 색깔

시대를 이끌 빛은 재림에 맞추어진 빛이 아닐는지요?
성령님의 역사로 변화의 증거를 맞본 사람들이
"신랑이로다, 맞으러 나오라" 외침의 소리여 광명이
여……

우리 보호자의 손길은 어디까지 왔을까

처음부터 빛을 꺾은
이 세상의 역사
욕망의 바람에 가린
형식의 무릎 꿇음에도
한결같은 그분의 보호는
여기까지 왔다

하지만
최초로 선택된 저 선민의
석고처럼 굳어진
저 그루터기는
누구를 위한 교훈으로
펼쳐져 있을까

열매 없는 잎만 무성한
이 나무는
이미 불어오고 있는
삭풍은 느껴지고 있는 것일까

대의제

유일한 길
대협곡 안에서
인도자의 손에 들린
맞춤 안경으로만 보아야 할 지도 한 장

여기에 찬성한 다수가 있습니다
공인된 회의에서 결의를 얻었어요
모조 안경으로 눈을 가리고
날렵하게 살아가는 자가 이용하는 방탄 무기

오는 봄을 막을 수는 없다

밤사이 몰래 내린 늦눈
온 산야를 덮었다

마구 녹여대는 기온을 막아보려
낮에도 이곳저곳 돌아가며
눈들을 덧내려 보지만

그야말로 속수무책
오는 봄을 막을 수는 없다

봄이 오는 길은
그 무엇으로도 막을 수가 없단다

어머니

어머니……
어디에 계십니까
애타게 찾는
이 그리움에

길 없는 길
내 마음의 벌에서
나를 위한
희생의 그 모습

겨울밤
날 위해 남겨두신
홍시 감처럼
또렷이 보이네……

그분이 갖고 있는 시간표

달리는 지하철에서
앉아서 본 하늘
입추가 겨우
이틀이 지났을 뿐인데도
점점이 떠 있는
구름과 함께
가을빛이 완연하다

오호라
그분이 갖고 있는
시간표의
명료함이어라

봄이 오면

봄이 오면
세상을 깨우는 소리
누가 말하는 것일까

빠짐없이 불리어진 이름들이
매만진 자기 얼굴 들고 나와
조화로운 새 세상 만들고 있다

오오!
호명되어 불리어진 이름들이여!
영광스러운 대열이기에 축하하노라

기독 신앙은

기독 신앙은
감사함을
고마움을 일깨우는
겸허함으로 가게 하는 축복의 길

나와 그대를
맑고 밝은
비단구슬의 영롱함으로 회복시키는
시은좌*가 있는 지성소

*하나님의 보좌

구약 성경의 제사장

선택되고 선별된
구약 성경의 제사장

모든 죄를 모조리 잡아내는
이스라엘 백성들의 희망

개중에는 사람 잡는 백정도
그런 자들에게는
사함 받는 제사가 없었으니

오늘날의 그대는
죄를 잡는 목사인가
교인 잡는 백정인가

백정

너, 너는
사람 잡는 백정
교인 잡는 백정

네가 돌본다는 양 우리에선
밤을 새우는 수만큼
한 마리씩
없어지는 이 신비!

깊고 깊은
찰거머리 뱃속 같은
너의 위를 채운 것이냐
네 안 주머니를 채운 것이냐

이 어두움의 아래에서도
우리 앞에는
찬란하게 빛을 발하고 있는
가죽으로 감싼 이 한 권의 책이 있느니

영면의 자리를 찾아가면서

이십 대 후반에 가이드를 만나 산을 오르고 오르다
삼십오 년을 머물면서
꿈같은 고향을 만들게 된 한 분지(盆地)를 만났다

환갑 진갑 다 지나가고 그 마디 중간 고개도 넘을 때쯤
다수를 거스른다는 죄로
무참하게 낯선 광야로 유기되었다

어렵사리 찾아든 살만하다 싶었던 집
역시 이곳도 기억될 이름이 얼마이던가
빽빽한 밀림 사이를 방황하는 방랑자처럼 살았다

또 다수가 정도라는 이 논리를 거스른 죄
성경 역사는 말한다 진리는 다수가 아닌 소수
그는 담대히 포악한 죄인이라는 딱지까지 붙은
철저히 따돌림의 추방의 길을 즐거이 선택하였다

성도라는 가족에게 버림받은 이 고통
아픔이던가 슬픔이던가
믿어지지 않는 처참한 예언의 이 극지의 그늘
자식뻘 되는 서투른 나이에게 당하는 이 수모와 이 능멸
다시는 살 집으로 찾고 싶지가 않았다

하지만 절대자의 섭리는 그를 옛집으로 인도하였다
함께 이룬 수고에 그가 살았던 집을 유지시킨
앞으로 고향마을 발전을 위해 지혜를 구한다는
늘 기둥처럼 든든했던 나의 고향 몇 사람

정말 잘하셨습니다 오신다니 울컥하는군요
두 팔 벌려 대환영입니다
그러세요 감사합니다
영면의 자리인가요 영면의 그 자리에 소망 안고 가겠습니다
아멘 아멘 아멘

계절 앞에서

동지가 나흘 전에 지나갔으니 태양은 뜨거움으로 길어
지겠지
동지 전에 설쳐대던 그대들이여!
그 옷차림으로 어디를 따라나서겠다는 것이냐

그 계절이 유일한 진리라고 자못 외쳤지
경험의 난쟁이로 살아오면서
한 겹 쓴 욕망으로 세상 물질 좀 모아들였나

비겁하고 당당하게 내세우던 그대의 권위는
조심해서 다루어야 할 덩그렇게 텅 빈 박 바가지
한여름에도 하늘에서 우박이 쏟아지는 날은 곧 온다네

그래도 기회는 있지 기회는 있어
계절에 맞게 옷을 나누어 주시는 분 앞으로 가게나
희망의 고개를 넘어 찬란한 영광을 보게 된다네

희생

희생은
슬픈 것이냐
아름다운 것이냐

빗물 속에 잠겨
떨고 있는
곱디고운 낙엽

빛으로 오신 손님

여기예요
이곳 이 자리로 모실게요
빛으로 오신 손님!

하늘의 부름을 받고 나오셨으니
나에게도 가르쳐 주세요
그 부름에 응답하는 그 순한 모습을

연륜이란 자부심에 마당만 밟는 발걸음
오늘에야 알았어요
빛이 되어 오신 그대 앞에서

이 자리는
빛이 있는 곳으로 더 높이 오르고자
염원하며 모인 자리
나도 다시 함께 가고 싶어요
손잡아주세요 더 세게 꼭 잡아주세요

4부

빛을 잃은 별

그는 그 세월 동안
별을 따러 다녔음을 세상은 안다
줄을 타고 땄을까? 별들을
지금도 빛을 잃은 별들을
얼굴에 걸고 산다

평가

곤은 나무는
곤은 자세이기에
하늘을 보고

굽은 나무는
굽은 자세이기에
땅을 보는데

나를 보고 짖고 있는
저 사나운 개도
나를 평가하고 짖고 있는가?

구원

은혜로 되어진
만들어지는 사람

성화의 표준에 다다른
귀족 중의 귀족

자유

일생을
나고 자란 곳밖에
모르던 나

분말 되어
바다 위에 뿌려지면서
얻는 자유

그 자유를 생각하며
꿈을 키웠다
아주아주 밝게 살았다

첫 매미 소리에

왔구나
한여름을 알리는
너희들의 행군 박자 소리

이 여름도 시원하게 해줄
느티나무 우거진
깊은 그늘 속 이 화음

더 가까이 더 가까이
다가가기 위해
아파트 31층 창문들
모두 열어 놓는다

봄이 내는 소리 소문

여기
꽃이 핍니다

어느 누가 소리치는 이 소리에
이곳저곳에서
꽃이 핀다는 함성 소리

하룻밤 사이에
온 세상은
활짝 핀 꽃들로
가득

괴산 산막이옛길

뒤로 돌아가세요
싫어요
이 길로 가다가다
아무 데서나 주저앉아 머물 거예요

햇빛과
가장 닮은
넓은 호수도 있고

어린 가슴 감싸 안고 돌아가는
어머니의 손길 같은
산 막 길

든든한 군자산 어깨 짚고
수줍게 넘겨다보는 낮달도
저렇게 따라오고 있으니

나는 이곳에서
이대로 종내 머물 거예요
돌아가라는 말씀은
메아리의 귀에도 아니 들린답니다

요즘 사람들

거친 바람 앞세우고
삼월에 찾아온 꽃샘추위
두꺼운 옷 다시 꺼내입고
종종걸음치는 사람 사람들
밤 열 시가 넘은 어느 대학 건너편 버스정류장
집에 돌아가려는 다수의 학생들 속에
깊게 끌어안고 있는 남녀 두 학생
이 강한 추위를 극복하려는 방편으로 보여
마음으로 예찬하려는 내 눈앞에
서로의 입술 음미하는 일에 열중하고 있는 그들
이 작태는 시내로 돌아가는 버스 안에서도 계속된다
그러나 내게 더 관심이 가는 일은
다른 학생들이 보이는 무관심

요즘 사람들은 대로변에서도 칸막이 된
각자의 주거 공간과 함께 다니기라도 하는 건가
이러다가는 너른 공공장소에서도
신발 벗고 당당하게 드러누워
소리 내며 신방을 차릴 것만 같다

어느 날 꿈속의 일기

오늘도 같은 방향
함께 가야 하는 길
아내는 내 걸음걸이에
맞추기가 힘들다며
나보다 먼저 집을 나섰다

네거리 신호등은 졸지를 않고
아내와의 거리 차이는
건너가라는 명령 하나

어쩌다 아내는 보일 듯 말 듯
나는 뛰다 걷다를 반복하여도
아내 따라잡는 일이 쉽지가 않다

덜컥, 나도 모르게 뛰어든 두려움 하나
아내를 이대로 놓칠 것 같다는 불안
아니지, 그대는 나에게 소중한 사람
이 생각을 붙잡고, 붙잡고 뛰어
나를 기다리고 서 있는 아내의 손을 잡았다

결혼

내 집 사립문 밖은
전혀 낯선 사람들
그 가운데서 찾아야 하는
유일한 한 사람
중매서줄 그 지혜는 어디 있을까
중매쟁이는 남이 아닌 바로 나

행복한 결혼하기를 원하는 사람들이여!
진정, 그대의 상태가 누구인지 궁금한가
이제까지 길들여진 자신의 삶과
양심을 놓고 살펴볼 일이다
이미 내 안에 정해진 것을

저기
저 앞을 보아라
낯설지 않은 한 사람
웃음 띤 얼굴로
누구를 향해 다가오고 있는가

며느리의 생일날

너의
난 날이 있어
우리는 행복하였다

그러므로
너의 이날을
진심으로 축하한다

오늘은 아름다운 날
너의 삶의 모든 날들이
오늘처럼 이어지기를 빌고 빈다

손 떨리는 환희

아기의 들숨 날숨은
집을 사를 듯한 불길

대신 아파주었으면 하는
간절한 염원에
새벽은 부옇게 밝아오고

기원 담아 떠넣은
물 삼키는 소리

수저를 든 엄마의 손
손 떨리는 환희
참새들의 노랫소리 들린다

고맙다

고맙다는
이 시를 쓰며 생각하니
너무 고맙다

나도 너에게
잘해야 할 터인데
오직 이 생각뿐이다

이 사람아!
이러지도 말고 저러지도 말고
늘 고마워나 해라

너의 안부 전화

이번에도
약속이나 한 것처럼
며느리의 안부 전화

사랑의 하나님이
우리 내외에게 보내는
메아리와 같은 것

별이 없는 밤하늘에
갑자기 모습을 드러낸 수많은 별 무리
영마루를 넘어가는 우리에겐
속삭임으로 다가오는 길동무

가면

세상에는 자기 얼굴 그대로
드러내놓고 사는 사람을 만나기가 참 어렵다
가면으로 하나 된 얼굴
어디 가서 그만의 얼굴을 만날 수 있을까

사람아!
언청이면 어떻고 마마자국 투성이면 어떤가
제 얼굴, 본색 드러내 놓고
떳떳하게 한 번 살다 가보자

가면(假面)!
어느 누가 디자인하여 내어놓은 작품인가
오랜 세월 장악해온 이 유행의 산물에서
이제, 나도 너도 벗어나서 자유인이 되자

본디대로의 얼굴로 살아가야 할 이 세상
깨끗하게 그대로 한번 확 바꾸어보자
그런 세상 살아보았으면 난 참 유쾌하겠네
참으로 난 행복하겠네

숙명의 길

푸르르던 잎들이
한 잎 두 잎 떨어지며
숙명의 길을 가고 있다
고향이라 할
어머니의 품속이라 느껴서일까
욕구나 욕망의 예리한 검도
한 번 휘둘러 볼 수 없는 길
복종으로 손 놓고 끌려가야만 하는 길
그 누구도 비켜설 수 없는 이 숙명의 길

이 숙명의 원인을 밝힌
이 숙명에서 벗어날 방법까지 기록되어 있는
참으로 소중한 한 권의 책이 있다
그런데도 사람들은 이 책을
손이 닿지 않는 시렁 위에 올려놓고 산다
있는지 없는지도 모르고 사는 사람 사람들
사람들아! 다시 말한다
숙명 같은 이 길은 정해진 길이 아니었다
영원으로 이어진 새봄 같은 기적의 봄이 있다

해맞이

새해가 되면
연례행사처럼 열리는
해맞이 행렬
전 국토의 명당자리에는
사람들이 몰린다

떠오르는 태양은
목적이 있다
이 목적을
닮고 싶다고 모이는 인파라면
얼마나 좋을까

올해에는
이 강산이
더욱 짙은 푸르름으로
더욱더 아름다운 빛이 되겠지
세계가 부러워하는 빛이 되겠지

축원

새해의 축원으로
이런 마음을 보냅니다

올 한 해의 기원으로
이런 마음을 보냅니다

참 좋으신 분들이여!
새해입니다
올해에도 온 가족이
우리 주님과 동행해오신 발걸음, 이 발걸음이
더욱더 깊어지는 이 한 해가 되소서
온 집안에 성령이 충만하소서
찬란한 우리 하나님의 진리의 빛이
살아 역사하는 그런 집이 되시기 바랍니다
그 빛, 온 세상에 비춰 넘치소서……
아멘 아멘 아멘

절박한 삶

세상에서 가장
절박한 삶이 있다
헐떡거리는 삶!

폐 고혈압 환자의
삶을 향한 이 절박한 호소를 들어보자
호흡, 이 숨!
나의 유일한 소원은
"이 숨 한번 시원하게
쉬어봤으면 좋겠다"

궁기에
남루한 옷차림에도
이 숨을 줍겠다고 다니는 사람은 없다
그렇다, 숨은 삶의 기본으로 균등하게
세상에 널어놓은 축복이었으니까

좀 다른 길 위에서

동향으로 앉은
장난감 같은 아파트 한 동 한 점
석굴암의 정기라도 지녔는가
주몽의 탄생 신화라도 품었다는 것인가
동녘에서 밝아오는 웅장함이 집중된
열자 폭 호수면 같은 칸막을 살짝 넘어
누구의 얼굴을 비추려고 폭포수로 쏟아져 들어오는가

남향한 큰 집들
세상의 명당이라고 손꼽히는 대세 속 밀림
그 속의 유혹
요리조리 피하고 얻어 든 선택
하늘의 손길에 인도받으며 살려는
그런 자의 정좌한 모습이지 않던가
아니네, 아니지, 꿇은 무릎에 두 손 모으고
저 위를 향하여 간절함을 보내고 있는 두 눈길의 첫 일과
하늘도 움직였을까 세미한 음성의 속삭임으로 마주해온다

세간은 단출하고 횟대에 걸린 옷가지 검소하나
지혜와 지식을 전하는 서책은 성
바람바람 세상바람을 끌고 들어오지 않는 삶의 방법은
신던 신 하나 신고 들고나면 그만

하지만 평안이라는 보석으로 둘러 처진 장식은 무형의 가구
주인장, 그대는 본향 찾는 자의 모습이라 해도 되겠네 그려
아니지, 아니네, 한없이 부족한 자가 보일 수 있는 전형
의 모습
그래도 그 속에 있는 것 하나
행복한 생활로 이끌어주고 있는 광명한 자유의 보화

피서지

떠나려는 칠월은
아직도 멈칫거리는데
창 너머 여린 풀잎에서
바람을 본다

발걸음 따라
등줄기는 강이 되어도
돛배 시원스레 데리고 가는
바람을 본다

활짝 열린 뒤쪽 창
다정스러운
내 연인의 입김 같은
바람을 본다

이런 인간관계

초가집이 새 옷을 갈아입었는데
그 네 집만 어제 모습 그대로
어김없이 한 벌 새 옷 지어 입던 그 버릇
이 해에는 누굴 따라 어디로 보냈는가

동짓날 밤에
지푸라기 한 올을 잡고 매달린
어른 팔뚝만 한 고드름
너희들의 타고난 운명은 헤아리지 않고
해 아래에서 그리도 불안스레 떨고 있는가

신령스러운 바람은
저처럼 숨을 죽이고 있는데
먹이 찾아 헤매는 참새의 날개바람에
아뿔싸, 지푸라기는 끊어질 듯
아찔한 위기를 안고서 간다

빛을 잃은 별

나와 삼십여 년이 넘게
존귀한 탑을 세우는 일에서
함께 해왔다고 전화로 말을 해온
훤칠한 사내

그는 그 세월 동안
별을 따러 다녔음을 세상은 안다
줄을 타고 땄을까? 별들을
지금도 빛을 잃은 별들을
얼굴에 걸고 산다

자기 코만 맞지 못하는
냄새나는 별을……

그림일기

초여름 비가
푸른 머리 감기는 손길로 찾아옵니다
이 시간에 인간의 마음은 어떨지 궁금해지는데
말 가지고 사는 자들의 말장난에
떠나고 싶은 자리는 수없이 만들어지고
공짜를 좋아하는 민심은
저 죽이는 자리인 줄 모르고 모여듭니다
제 것 가지고 하는 말이 아니면 누구나 쉽지요

그들이 앉은 자리엔 음흉한 뒷손이 있어
부정과 야합과 축재와 세상 영화
길들이기 먹잇감에 세상은 썩어갑니다
이 좁은 공간에
자아를 벗어난 민의의 사람들로 채워지는 날,
기다리다 보니 백발이 되었습니다
그대여!
우리의 마음도 씻어줄 비를 주소서

기도

기도!
기도를 하세요

내가 잘났다는 생각이 들 때
곧추세운 목 뽐내고 싶어지면
기도를 하세요

기도는 나에게
평형감각을 일깨우는
생명의 저울

울퉁불퉁한 세상에서
고른 세상으로 인도하는
지름길이랍니다

그리고 또
어느 분이 말했지요
"기도는 영혼의 호흡"이라고요

내 집의 여자들

태초에 묶어놓은
강한 끈은 어머니였습니다
내 평생에 맴돌았던 삶의 자리는
그 탯줄 자르던
선혈(鮮血)이 모인 호수였습니다

외로움은 한편 가슴에서 얼어버린 들길
여보!라는 더운 입김으로
길은 훤히 열리고
입혀준 옷은 내 이름 석 자, 가슴에서
별빛처럼 빛을 냅니다

고압적(高壓的)인 연륜에 화석으로 묻힐뻔한
얼굴은 며느리라는 또 귀한 이름으로
나부끼는 미소가 되어
덩더꿍 얼씨구 얼쑤
다시 한 사람의 공로자는 손녀랍니다

하루아침에 장소를 바꾸어 살아준
여자만이 지닌 비범함에
존재합니다 행복합니다 기쁨입니다
항상 감사할 조건에
참으로 소중한 사람들입니다

가족들에게 보내는 편지 245

사랑하는 가족들아! 오늘 나의 이 편지는 지금 내가 가장 신뢰하고 있는 모 장로님께 보내드리는 글이 되도록 쓸까 한다.

장로님! 저는 어제 장로님과 글을 주고받은 후 많은 생각을 하게 되었습니다. 장로님만 좋으시다면 장로님과 이렇게 맺어진 이 인연의 끈을 영원히 놓고 싶지 않다는 생각을 더욱 하게 되었습니다. 이 인연의 끈은 누가 어떤 의도로 만들어 놓았을까요? 바로 창조주 우리 하나님이십니다.

"여호와 하나님이 가라사대 사람의 독처하는 것이 좋지 못하니 내가 그를 위하여 돕는 배필을 지으리라"(창 2:18)

인연! 그렇습니다. 우리 하나님의 처음 의도는 이처럼 서로 "돕는 배필"이 되도록 하기 위해 만들어 놓으신 것입니다. 그런데 이 인연이라는 것이 사람에게 넘어와서 활용되면서 어떻게 되었던가요? 죄가 인연의 사이에 자리를 잡게 되면서 완전히 저주로 바뀌게 되었습니다. 죄가 없을 때에는 이 인연의 상대가 서로에게 "이는 내 뼈 중의 뼈요 살 중의 살이라/ 이러므로 그 둘이 연합하여 한 몸을 이루"었습니다.(창 2:23/24) 우리 구주께서도 이 땅에 오셔서 말씀하셨습니다. "이러므로 그 둘이 한 몸이 될찌니라 이러한즉 이제 둘이 아니요 한 몸이다"라고요.(막

10:8) 그러나 이런 인연 사이에 죄가 들어오자마자 이 인연의 상대는 서로 원망하고 저주하는 원수가 되고 말았습니다.(창 3:12~24 참조)

장로님! 오늘날에도 이 세상 이 사회는 수많은 인연의 얽음의 끈으로 얽여있습니다. 그런데 이 인연의 얽음의 사이에 죄가 있느냐 없느냐, 죄가 있다면 그 정도가 어느 정도 인가에 따라 그 세상 그 사회의 평온의 상태가 달라집니다. 한 가족으로 구성된 사정, 형제로 호칭하는 교인이라는 이 특수한 인연으로 묶인 교회 안에서도 정도의 차이가 있다 해도 마찬가지입니다. 각자에게 이기적인 죄가 존재하는 한 그들 사이는 하루아침에 "내 집 안에 낯선 자"가 되고 맙니다. 이런 상태가 오죽하면 주님께서 이런 말씀까지 하셨을까요. "사람의 원수가 자기 집안 식구리라."(마 10:36)

장로님! 장로님과 저와의 이 둘 사이에 맺게 된 이 인연의 끈은 이제 안심해도 될 것 같습니다. 장로님과 제가 이번에 나눈 글에서 서로가 바라보는 참된 믿음의 참 신앙의 꼭짓점을 우리는 알고 또 그곳에 우리는 분명하게 서 있었으니까요. 이것만이 하나님께서 인간들에게 축복이 되도록 설정된 이 인연의 관계가 견고해질 수가 있으니까요.

장로님! 장로님께서는 모모 의대 교수이면서 부가적으로 서울대 앞에서 전도의 삶을 사시다가 다시 종전에 다니시던 모모 교회로 돌아오셨습니다. 그때에 그보다 조금 전에 그 교회를 떠난 저에게, 저를 불신하고 쓰신 충고의 말씀을 보내주셨습니다. 그 충고의 말씀을 저는 새겨들었지만 조금은 씁쓸한 점도 있었습니다. 장로님께서 그동안 저에게 보여온 신뢰가 저라는 사람을 제대로 알고 보여온 신뢰가 아니었다는 사실의 실체가 드러났기 때문입니다. 그 당시 나를 부정적으로만 말하는 다수의 사람 속에서 장로님께서도 저를 완전하게 그들이 주장하는 그대로의 사람만으로 보셨던 것입니다. 이것은 바로 죄를 가진 인간이 지닌 꼭 고쳐져야 할 연약한 속성이자 과감하게 벗고 뛰어넘어야 할 죄가 만들어낸 속성 중 하나입니다. 그래서 사단은 오늘날 다수라는 이 민의의 의도를 활용하여 이 세상을 지배하기도 합니다. 대의제를 선택하고 굴러가고 있는 어느 종교 조직 안에서도 이 제도를 이용한 죄들이 이제는 버젓이 모습을 드러내 놓고 난무합니다.

장로님! 우리는 지금 불신이 진리인양 횡행하는 시대에 살고 있습니다. 그래서 저는 참된 믿음 참된 신앙의 길을 그토록 찾고 찾아왔습니다. 이 참된 진리가 있을 때만이 모든 인연은 형식이 아닌 축복으로 견고해집니다. 먼저는 하나님과의 관계도 소중한 내 아내, 가족과의 관계도 참으로 중요한 관계로 부상합니다. 그래서 저는 하나님의 도우심으로 이 변화되어 가는 제 모습을 먼저 사랑하는 제 가족들을 섬기고 살다 갈 생각입니다. 그동안 잘못한 삶의 속죄까지 포함해서 보다 진실 되게 그리 살다 갈 생각입니다. 이것이 오늘도 내일도 제가 주님께 묶여 드리는 기도의 전부입니다.

하나님께서 맺어주신 이 인연들이 있어 저는 행복합니다. 아멘, 아멘, 아멘.

가족들에게 보내는 편지 266

사랑하는 가족들아! "세상은 자아 부정과 자아 희생의 삶을 어리석은 낭비요 손실로 생각할 것이다. 그러나 아니다. 현세에만 몰두하고 사는 사람이 어리석은 자요, 하나님의 자녀들은 참으로 지혜로운 자였다는 사실이 장차 드러날 것이다. 주님을 섬기는 자는 이생에서도 그와 영적인 교제와 교통을 나누는 특권을 누리고,("볼지어다 내가 세상 끝날까지 너희와 항상 함께 있으리라." 마 28:20) 내세에서도 그와 대면하여 교통하는 기쁨을 누릴 것이다."(SDABC 10권 660)

그렇다 나는 이번 이태원 핼러윈 축제를 위해 모인 군중 속에서 발생한 이 불행한 사건 앞에서 하루 종일 마음 아파하며 슬퍼하고 보냈다. 그 꽃 같은 나이에 벌어진 그 참변은 하늘도 침묵하며 슬퍼하고 있을 것이다. 그런데 이것이 바로 우리 인간이 보인 또 하나의 한계가 아니었을까? 그 선량하고 착한 사람들이 통제되지 않는 군중의 쏠림이 만들어내는 발길 밑에서 밟혀 죽는 모습이라니⋯⋯ 나도 평생동안 잊고 살 수 없을 것 같다.

그러나 나는 사람이 모이면, 그리고 모인 그 사람들이 한곳으로 쏠리면, 그 쏠리며 만들어내는 힘의 무서운 광경을 이 사건을 통해서 이론이 아닌 실제로 보게 되었다. 이 사건과는 관계가 없지만 우리는 군중을 이용한 선동정치의 그 끔찍한 폐해를 역사를 통하여 똑똑히 보았다.

그리고 이런 선동 정치의 유혹에 미련을 두고 있는 사람들을 우리는 지금도 사회 곳곳에서 쉽게 볼 수 있다. 참으로 경계해야 할 일이다. 아멘.

그런데 바로 우리 주님께서도 군중을 향한 이런 선동에 의해 죄없이 죽임을 당하셨다. "명절을 당하면 백성의 구하는 대로 죄수 하나를 놓아주는 전례가 있더니 민란을 꾸미고 이 민란에 살인하고 포박된 자 중에서 바라바라 하는 자가 있는지라. 무리가 나아가서 전례대로 하여주기를 구한대 빌라도가 대답하여 가로되 너희는 내가 유대인의 왕을 너희에게 놓아주기를 원하느냐 하니 이는 저가 대제사장들이 시기로 예수를 넘겨준 줄 앎이러라. 그러나 대제사장들이 무리를 충동하여 도리어 바라바를 놓아달라 하게 하니 빌라도가 또 대답하여 가로되 그러면 너희가 유대인의 왕이라 하는 이는 내가 어떻게 하랴. 저희가 다시 소리 지르되 저를 십자가에 못 박게 하소서. 빌라도가 가로되 어쩜이뇨, 무슨 악한 일을 하였느냐 하니 더욱 소리 지르되 저를 십자가에 못 박게 하소서 하는지라. 빌라도가 무리에게 만족을 주고자 하여 바라바는 놓아주고 예수는 채찍질하고 십자가에 못 박히게 넘겨주니라."(막 15:6~15)

"빌라도는 예수를 고소한 사람들을 쳐다보았으며 그다음에 그의 시선은 날카롭게 예수를 바라보았다. 그는 온갖 부류의 죄수들을 다루었으나 이와 같이 선량하고 고상한 특성을 가진 사람은 전혀 없었다. 그는 예수의 얼굴에서 죄악의 흔적이나 두려워하는 표정이나 도전적인 태도를 찾아볼 수가 없었다. 그는 정숙하고 존귀한 태도를 지난 사람, 죄인의 흔적은 없고 하늘의 특색을 가진 사람을 보았다. 이 용모에 빌라도는 잠시 본성이 살아오는가 싶었다.

빌라도는 "너희가 무슨 일로 이 사람을 고소하느냐"고 물었다. 유대인들은 당황하였다. 저들은 그리스도를 구체적으로 정죄할 수 없었으므로 드러내놓고 심문하기를 원하지 않았다. 저희는 "그는 나사렛 예수라고 불리우는 한 기만자라"고 대답하였다.

저들은 연약하고 우유부단한 빌라도와 함께 저들의 계획을 무난히 성취시킬 수 있으리라고 믿었다. 전에 빌라도는 사형에 해당도 되지 않는 사람들에게 사형선고를 하면서 그 사형영장에 급히 서명한 일들을 그들은 알고 있었다. 그의 생각에는 죄수의 생명이란 유무죄와 상관없이 무가치한 것이었다.

예수의 온유하고 겸손한 용모는 전혀 고소와는 일치하지 않았다. 그의 모든 태도는 무죄한 자의 증거였다. 그는 그의 신변에 부딪혀 오는 분노한 파도에도 동요 없이 서 계셨다. 그의 침묵은 웅변이었다. 이것은 속 사람으로부터 겉 사람에게 비치는 밝은 빛이었다.

인간은 진리를 받아서 자기 것으로 만드는 일만이 그의 황폐된 성질을 재건할 수 있다.(3DA 238/239/243/245) 또 이 세상 삶에서도 가려 설 자리가 있음도 분명하게 알 수 있게 된다. 아멘, 아멘, 아멘.

이 하루의 지성소

길중용 지음

발행처   도서출판 **청어**
발행인   이영철
영업   이동호
홍보   천성래
기획   남기환
편집   방세화
디자인   이수빈 | 김영은
제작이사 공병한
인쇄   두리터

등록   1999년 5월 3일
           (제321-3210000251001999000063호)

1판 1쇄 발행 2023년 3월 10일

주소   서울특별시 서초구 남부순환로 364길 8-15 동일빌딩 2층
대표전화 02-586-0477
팩시밀리   0303-0942-0478
홈페이지   www.chungeobook.com
E-mail   ppi20@hanmail.net
ISBN   979-11-6855-135-0(03810)

본 시집의 구성 및 맞춤법, 띄어쓰기는 작가의 의도에 따랐습니다.